My Country

My Pride

"My Country My Pride"

ISBN No: " 978-93-90416-25-7"
1st Edition
Language – English and Hindi

Flairs and Glairs
Publication House
Regd. Under MSME Act.

Disclaimer

This anthology is entirely a work of fiction. The compiler has done her best to testify the originality of the content of all the authors and checked for possibilities of plagiarism. All the write-ups are unique and published only in this book.

If any plagiarism and/error is found, it will solely be the responsibility of the co-author, and not the compiler or publisher.

The opinions expressed in the anthology are only of the co-authors and not of the compiler or publisher

Co-Authors

1. Shubham Shah (Founder Flairs And Glairs)
2. Vishal Agrawal (Compiler)
3. Tanmayee Pani (Compiler)
4. Surbhi Gupta (Project Head)
5. Ishani Agarwal
6. Ishika Agarwal
7. Shivangi Jaiswal
8. Arun Kumar Yadav
9. Sanjana Gupta
10. Sadaf Amanuallah Pachapuri
11. Mridula "मनमौजी मृदुला"
12. Ashray Nasit
13. Manohar Mishra
14. NS TAANK
15. Gaurii Sharma
16. Jonmoni Dutta
17. Prachi Agarwal
18. Murlidhar Chakradhari
19. Shaheen Jameel
20. Yamini Shrivastava
21. Sakshi Jarandikar
22. Khushi Krishna Veerothi
23. Prakriti Bhagat
24. Ankita Arsiya
25. Chitranshu
26. Anamika Tulsyan
27. Sima Verma
28. Rahul Kumawat
29. Mehak Agarwal

30. Anil Mansuriya
31. Gayatri Mahajan
32. Kumari Nainsi
33. Sakshi Rathod
34. Rushal Chaudhari
35. Shresth Bhargava
36. Yachika Prajapati
37. Aditi
38. Prerna Kesharwani
39. Prasad Dev
40. Neha Gupta Saxena
41. Sikandar Kumar
42. Yogesh Kumar Shivhare
43. Seema Thapa
44. Shashikanta Dhamudia
45. Sanjay Naik
46. Prashasti Sachdev
47. Siddhesh Rasal
48. Biswaranjan Biswal
49. Neelam Sahu
50. Karm Patel
51. Rishabh Srivastava
52. Vartika Agrawal
53. Gaurav Agrawal
54. Diksha Bairwal
55. Manoj Nainwal
56. Sakshi Barad
57. Anisha Bharti
58. Ayushi Tiwari
59. N Sathana
60. Ishita Bhatnagar

61. Pranab Kumar Paul.
62. Keshav Tibrewal
63. Dasari Mohith Reddy
64. Ananya Anurag Anand
65. Baisakhi Das
66. N Pargavi
67. Sahina Mamtaz Chowdhury
68. Debanjana Ghatak
69. Shreeja Roy
70. Muskan Shah
71. Vishnu Prasad Nair
72. Ipsita Rani Sahu
73. Arathy K Nair
74. Shijin Ravi C
75. Sushree Samikshya Priyadarshini
76. Nishant Kumar
77. Musarrat Bano
78. Debia Yakam
79. Aliya Begum
80. Lalitha Srinivas
81. Dipti. S
82. Abinaya Ponnusamy
83. Janapareddy Ramya Bhargavi
84. Shailvi Bhura
85. Gareema Dhingra
86. Ashmita Dunguri
87. Achyut Murari
88. Disha Verma
89. Avira
90. Bidushi Mishra
91. Jeevitha.S

92. Abrishan Khan
93. Khushi Sharma
94. Gayathri Ramasamy
95. Divya Jaiswal
96. Pratham Mittal
97. Namrata Kumari
98. R. Susanna Celsia
99. Tashmayee Sarkhel
100. Madhav Rathi
101. Reshma Bhattacharyya
102. Roopali Purohit
103. Sweta Kumari
104. Abha Patel
105. Shruti Singh
106. Sukrutha B

Shubham Shah

(Founder- Flairs and Glairs)

Shubham Shah, entrepreneur at "Flairs & Glairs" a brand with dynamics in events organizing and cultural educational pan INDIA, He is a 26yr. old guy who recently has entered, the digital platform of imprinting emotions. He has initiated with his own open mic platform to help budding poets and aspiring writers under his brand named as "Teekhe Zasbaaat" He is a commerce graduate from Bhagalpur City of Bihar.

He says Writing has impersonated him since childhood and he has now been writing for over a decade!

Cooking, on the other hand, is his passion! He also mentions, trying out new things just tickles him!

When asked sir, Why SPICY EMOTIONS?

He smiled and added, “agar jasbaat teekhe na ho toh wo jasbaat kaha” Spices are all that blends! So do his words!
As a chef, he presents to you his dish! Hot and freshly served! Taste it! Feel it! Enjoy it! You can also find his writing in the Solo book “Teekhe Zasbaaat” and 70+ anthologies. With his passion to explore opportunities across Platforms he is working with keen devotion and We wish him all the very best for his future ventures
Share your reviews on his

INSTAGRAM

@spicy_emotions
@shubham4shah

Or via email on

shubham2shah@gmail.com

To stay tuned to his work and opportunities follow his business Handles

INSTAGRAM FACEBOOK YOUTUBE

@flairsandglairs
@teekhezasbaaat

WEBSITE:

https://flairsandglairs.in/
https://flairsandglairs.com/

Vidambana

Kaal Hai Vikraaal Hai
Hriday Unka Vishal Hai...
Hatho Me Hathiyaar Hai
Mathe Pe Mahakaal Savaar Hai...
Haan Wo Shiv Ka Rudra Avtaar Hai...

Desh Ka Swabhimaan Hai...
Tirange Pe Unhe Abhimaaan Hai...

Han Wo Veer Jawan Hai...
Desh Pe Jo Kurbaan Hai...
Lahu Preet Hui Hai Dharti...
Saz Raha Hai Amber...
Intzaaar Me Unke...Jo Khade Hai Sarhaad Pe Seena Taan Kar...

Neta Kaar Rahe Aadambar Unge Vote Bank Maan Kar...
Maa Hai Unki Roo Rahi...Apna Beta Desh Ke Naam Kar Kar

Vishal Agrawal
Compiler

He was born and brough up in Mathura, Birth place of lord shri Krishna.he is currently persuing his bachelors degree from GLA University.he want to express his feelings and emotions through his words.sometimes his shayri and quotes inspire peoples.he is also a co author of the vajra world record holder book.he is multi-tasker and multi-talented person.apart from writing he likes singing, sketching, making youtube videos.his hardworking and friendly nature attracts everyone.
you can find his writups on instagrams and yourquotes.
Instagram Handle: vishal_writes20
Yourquote : vishalagrawal23

ऐसा मेरा देश मेरा अभिमान है

उत्तर में वीर विराट हिमालय,
करता जिसके गुड़गान है,
जिसकी संस्कृति, जिसकी बिरासत,
सोने कि चिड़िया से जिसकी पहचान है,
ऐसा मेरा देश मेरा अभिमान है|

दक्षिण में जिसके चरण पखारे,
सागर सा सम्राट है,
जिसके वीरों की गाथाएं,
विश्ब प्रसिद्ध बिख्यात है,
ऐसा मेरा देश मेरा अभिमान है|

पूरब से पश्चिम तक जिसके,
करते सब गुड़गान है,
जिसके सीमा पर लोहा लेता,
उसका वीर जवान है,
ऐसा मेरा देश मेरा अभिमान है|

जहाँ के लोगों में,
एकता और स्वाभिमान है,
जिसके त्यौहार,
उसकी अनूठी पहचान है,
ऐसा मेरा देश मेरा अभिमान है

Tanmayee Pani
Compiler

She is a graduate student from Odisha pursuing Integrated b.ed with Economics honours. She is a talented writer, artist and well a singer. She writes poems, one liners, story, open letters, shayaris in both Hindi and English. She is a very graceful person who deals every situation with utmost patience and understanding. She looks forward to achieve her dreams and aspirations. She has participated in over 10+ anthologies as a co-author and desires a future ahead in the perspective of writing in future.

Being Indian.

I live in a country of warriors,
Where the blood abides the love.
I live in a country of differences,
Where every colour have their worth.
I live in a country of people,
Who are of different caste, religion and region;
But yet they are one.
They unite as INDIAN.
They sing as INDIAN.
They rejoice together for every glory,
And proudly declare that we are INDIAN.

Surbhi Gupta
Project Head

Surbhi Gupta, born and raised in Punjab, is currently a Law Student , B. Com honours graduate and an enthusiastic writer as well. She is also working as Project Head for Flairs And Glairs Publications. Having a Lawyer's mind and a writer's heart, her writings are sui generis, relatable, and inspiring. She is part of various writing events , communities and anthologies as both compiler and co-author. Various achievements in academics , Legal events and writing platforms are feathers in her cap. Sight and smell of her own book someday is what she aspires to achieve as a writer.

Instagram Handle: surbhi_writes
Gmail : surbhigupta855@gmail.com

August 15 : In Truest Terms

August 15,
yes, independence day, the day
country was freed from evil clutches
Freed, not freely, but the price paid in blood
by the ones who gave their life for the days
that were not written in their fate
yes, independence day
that, at present is relished
but is it fervoured in the truest terms
dreams we see, do they involve this country?
To us, Gift of free nation is given,
but will this gift will be passed to future generation?
Still country is trapped & people prisoned
Not by someone, but by the seeds we sow
Corruption,poverty, casteism, discrimination etc may sound heavy
But indeed are Heavy for the land to bear ,
Too heavy for us to further share ,
and hence let's reminiscence,
the valour,will and sacrifice of freedom fighters
so a pledge by us is to be undertaken,
to first become better in ourselves,
that in turn will build a better nation,
and bring the truest essence of this freedom

Ishani Agarwal

Ishani Agarwal
Born and brought up in Kolkata, she has done her schooling and college from here itself. She is doing her post-graduation at the moment. Ishani loves talking to people around, and is excited for this new beginning of hers! Been a Compiler for 35+ Anthologies, and in the process for more, also, co-authored in 100+ Anthologies, Ishani is very Happy with how her life is turning out now!
Insta handle: Ishani_agarwal_quotes

The Nation Wants To Know'

A sentence, coined by most journalists now a days,
"The Nation wants to know" at times is nothing but their own queries.
The nation wants to know a lot of things,
However, most of them are ignored simply,
Just because it was not approved by the journalists.
The country we live in is our Pride.
Yes, there may be difficulties daily,
But the decisions are all taken by its people only.
Do not blame the "nation" for everything.
Blame everyone.
The nation, makes the country strong.
The nation, is what rises the country.
Be with it, and everything will be good.

Ishika Agarwal

Ishika is a 16 years old girl.

Writing for her is nothing else but a passion. She hails from the city of Joy and Art. She has been a Co-author in 30+ anthologies in the recent past, all adding on experiences to her.

Been a part of India book of Record projects like Black and World Record projects like 15 wonders of Poetry, Ishika is paving her way to success.

(1)

I stand witness to your injustice.
I stand witness to your crime.
I stand witness to your lies.
And I will speak,
I will speak in front of the whole world about you and your crimes.
I will oppose, I will stand against you.
You cheated not just me but the whole world.
You stole innocence from a child's heart.
You made some enraged and some are in the grave, all because of you.
Yes I am talking about you .
Yes you, a person who became a terrorist.
Who once was a human now an animal.
You don't care about our country but I do and I will oppose .
You live among us and betray us.
It's a shame for us to even call you a human being or a fellow of our country.

Shivangi Jaiswal

My Country My Pride

My Country
My Pride.
My Motherland
My People.

With faith and trust we made our motherland.
Which gave us all the essentials to live a happy life.
By each passing years,
with honesty and sincerity.

Our country has made us proud.
The love and glory it gave, has made us stand up with pride.
Strong, brave we stand together.
On our land where there is kindness, joy and strength of togetherness.

My Country, My Pride.
I love you my Country.
Jai Hind.

Arun Kumar Yadav

भारत मां का वीर जवान

कही बागाह की सीमा पर
दिलों के रिश्ते जोड़े जा रहे थे
और कही कश्मीर की सीमा पर
घुसपैठी अपने पांव जमा रहे थे।
कही संसद पर हमले की
तैयारी की जा रही थी
इन सबको देखकर इंसानियत
की रूह भी शरमा रही थी।

लाखो बेगुनाहों की कब
तो खोद चुके हो,
अब इंसानियत का जनाजा
तो ना निकालो।
"जियो और जीने दो" का
सबक हम सबको पढ़ाते है,
आओ तुम्हें भी हम
इंसानियत का सबक सीखते है।।

अपने वतन पर मर मिटना
हर भारतवासी की शान है।
तभी तो पुरे विश्व में हमारा
भारतवर्ष इतना महान है।।

Sanjana Gupta

भारतभूमि

सोने की चिड़िया है ये, वीरों का ये देश है,
विभिन्नताओं में अभिन्नता है यहाँ एकजुट परिवेश है ।

विश्व का ये भाग एक, कर्मभूमि हमारी है,
अनेकता में एकता है, ये मातृभूमि हमारी है।

जटाओं में समाहित शिव के गंगा की धार यहाँ है,
जीवन का सत्य छुपा है जिसमें गीता का वो सार यहाँ है।

गुरुद्वारे में लंगर सब साथ बैठ के खाते हैं,
पीर की मज़ार पे एक साथ शीश झुकाते हैं।

गुरुग्रंथ साहिब बाईबल गीता और कुरान एक हैं,
हैं नाम अलग तो क्या हुआ दिया उनमें हर ज्ञान एक है।

मंदिर मस्जिद चर्च गुरद्वारे से हमारी एकता को माना है,
हाँ भाषाएँ सबकी अलग है, पर सबने प्रेम भाषा को जाना है।

यहाँ वीरों का बलिदान है, बलिदान की निशानी है,
जोश रगों में उमड़ उठे ऐसी निडरता की कहानी है।

एक भू भाग का टुकड़ा नही, ये भूमि हमारी माता है,
पढ़ लो तुम इतिहास हमारा, सुनहरा हर अक्षर गौरवान्वित गीत गाता है।

Sadaf Amanullah Pachapuri

देश प्रेमी

हमें देना सबको एक सन्देश है ।।
हमें जान से ज्यादा प्यारा अपना देश है ।।

हम हिन्दु है या मुस्लिम ।।
हम सिख है या ईसाइ ।।
मायने नही रखती मजहबो कि लडाई ।।
हिन्दुस्तानी है हम। । ।
हमारे दिल मे देश भक्ती का जज्बा है ।।
देश में मज्हबो के नाम पर लड़ने बाले| । ।
लोगो क कब्जा है ।।
हम लोगो कि सोच नही बदल सकते ।।
हाँ लकिन खुद को देश्भक्त कहना है ।।
बन कर दिखाना है ।।
हमने खुद को दिया आदेश है ।।
हमें जान से ज्यादा प्यार अपना देश है ।।

यहा कि जुबाने अलग है ।।
त्यौहार अलग है ।।
क्या हुअ◌ा अगर व्यबहार अलग है ।।
रीति-रिवाज वही नही मिलते एक दूसरे से ।।
पकवान अलग है
आचार विचार अलग है ।। ।
लेकिन । । ।

एक हिन्दुस्तानी दिल इन सारी बातो को मानता नही । ।
तुम अपनो की बात करते हो ये तो गैरो को भी गैर मानते नही ।।
सन्सकार से भरा है ये देश ।।
हमारे लिये ये इस देश के सन्स्कार विशेश है ।।
हमें जान से ज्यादा प्यारा हमें अपना देश है ।।

"मेरा देश प्यारा"

हिमालय है मुकुट जिसका, है हिन्द जिसके चरण पखारता
हिन्दुस्तान वो हमारा प्यारा, है वो भाग्य-विधाता कहलाता।
हुआ करता था सोने की चिड़िया, लूटा था जिसे मुग़लों ने,
बन कर तो आए थे व्यापारी, धोखे से राज़ किया अंग्रेजों ने।
धन्य हमारी ये जन्मभूमि, धन्य थें इस पर जन्में क्रांतिकारी,
जिनके सामने घुटने टेके सबने, पड़ी देशभक्ति उनपर भारी।
आजाद हुआ था देश हमारा जब, वो 15 अगस्त तारीख़ थी,
सुनहरे अक्षरों में लिखी गई देश की आज़ादी की कहानी थी।
सुंदरता है कण-कण में जहाँ, प्रेम-सौहार्द्र जीवन का सार है,
सभी देशों में गूँजे महिमा, करते सभी इसकी जयजयकार है।
भाँति-भाँति की भाषा, वेशभूषा, भाँति-भाँति के धर्म, पर्व हैं,
विभिन्नता में एकता परिचायक है, इस माटी पर सबको गर्व है।
मानती हूँ खुद को भाग्यशाली, पाया मैंने इस धरती पर जन्म,
इस माटी के लिए ही मिट जाऊँ, करूँ सफल यूँ अपना जन्म।

Ashray Nasit

मिट्टी के अधूरे कर्ज को मेरी कलाई पर है बांधती,
मेरी रूह ये मुझसे बार-बार है स्वतंत्रता ही मांगती !

Manohar Mishra

खुद को मिटा हमे आजाद कर गये!!

अपने आप को मिटा कर हमे आजाद कर गये,
खुद को खून में नहा कर हमे जिंदगी भर की सुकून दे गये

ना मरने का खौफ था उनकी आँखों में, ना अपनी परवाह कर गये,
दुश्मन जब सामने था, वो अपनी भारत माता के नाम अपनी जान कर गये

एक बार भी ना सोचा खुद से जुड़े अपनों का,
वो तो देश के हर बच्चे को उनके जीने का अधिकार दे गये

चैन से सोये हर भारत बासी इस लिए खुद को हमेशा के लिए अमर कर गये,
इतिहास के पन्नों पर अपना नाम अमर कर गये

उज्जवल भविष्य हो हर किसी का इस लिए खुद को हमेशा के लिए दफ्न कर गये,
तिरंगा भारत का सबसे ऊपर हो इस लिए वो अपनी जिंदगी हमारे नाम कर गये

हर शख्स आज चैन से साँस ले सके ऐसा हमारा संविधान लिख गये,
ना हो किसी पे अत्याचार इस लिए वो हमे इतने अधिकार दे गये

Ns Taank

ना करूँ वार दुश्मन पर पहले ,
दोस्ती का हाथ बढ़ाता हूँ ,
करे जो दगा दुश्मन फिर ,
उसे उसी के घर चैन की नींद सुलाता हूँ ,
रगों में बहता खून कहता ,
सिपाही मैं भारत का ,
एन एस सिपाही मैं भारत का ।।।

तेरी गलियों में खो जाता हूँ ,
जब तुझसे दूर हो जाता हूँ ,
रख तिरंगा सिने में ,
मैं चैन से सो जाता हूँ ,
रगों में बहता खून कहता ,
सिपाही मैं भारत का ,
एन एस सिपाही मैं भारत का ।।।

Gaurii sharma

आज़ादी

छाती को कर लहू लुहान जिन
लोगो ने अपना रक्त बहाया था

खुद की परवाह ना कर अपने
देश को आज़ाद करवाया था

जेल मिले या फांसी सबको
खुशी से गले लगाया था

अंग्रेजों के अत्याचारों का डट
कर सामना किया था

जिन लोगो ने अपना जीवन भारत
माता को अर्पण किया था

भारत का सिर सदैव जिन्होंने ऊपर
उठाने का सपना देखा था

वह सभी इंसान तो नहीं पर मनुष्य रूप
में भगवान का ही अवतार आया था

Jonmoni Dutta

स्वतंत्रता की लड़ाई

लड़ाई थी वह हमारे देश को आजादी
दिलाने की,
अंग्रेजो की काले छाव से अपने भारत
माता की रक्षा करने की।
लड़ाई थी वह अपने बसुंधरा माता को
इंसाफ दिलाने की,
सत्य, अहिंसा और धर्म के मार्ग पर चलकर
अपने स्वभाविमान की रक्षा करने की।
लड़ाई थी वह हमारे देश से भेद-भाव, भ्रष्टाचार
को जड़ से मिटाने की,
अपने देश का गौरव पुरी दुनिया भर
में बढ़ाने की।
लड़ाई थी वह वतन के लिए हँसकर
अपने कुर्बानी देने की,
स्वतंत्रता की रोशनी से चारों ओर
प्रकाशित करने की।

Prachi Agarwal

वीर सपूत

देश की रक्षा के लिए रहते हैं हरदम तैयार,
अपनी जान की बाज़ी लगाते हैं हर बार,
दुश्मनों के सामने कभी नहीं मानते हैं हार,
हम देशवासी आपका हृदय से करते हैं आभार ।

भारतीय वीर सपूत

देश की आन बान और शान है वो
हमारा स्वाभिमान है वो
देश के वीर जवान है वो
अपने घरवालों की जान है वो
दुश्मनों की हार का ऐलान है वो
इस धरती माँ की मिट्टी से जनमें
ऐसे वीर सपूत महान है वो।

Murlidhar Chakradhari

आज फिर तिरंगा ने याद दिला दी ,
वो लक्ष्मीबाई की मर्दानी ,
वो भगत सिंह की कुर्बानी ,
और वह देश के प्रति गांधी जी का प्यार ,

बहुत से रात बिताए वो महबूब की यादों में ,
चलो एक शाम बिताए शहीदों की यादों में ,

बहुत हुए घायल बहुत हुए कुर्बान ,
तब जाकर हमारा देश हुआ फिरंगियों के चंगुल से आजाद ,
बहुतों ने दी बलिदान ए देश तेरे नाम ,

आज अगर चैन की सांस भी मिल रही है ना तो उसके पीछे आज
भी हो रहे ढेरों नींद बर्बाद और ढेरों जवान कुर्बान ,

हमारे देश की है अलग पहचान ,
अलग है अपनी आन बान और शान ,
तो ना करो इसे अपनी गंदी सोच से यूं बर्बाद ,
एक बार दिल से बोलो इंकलाब जिंदाबाद ,

Shaheen Jameel

मैं एक भारतीय नागरिक हूँ।

मैं एक भारतीय नागरिक हूँ।
ना हिन्दू हूँ ना मुस्लिम हूँ,
मैं एक भारतीय नागरिक हूँ।
भारत की मिटटी में ही जन्म लिया,
इसके लिए ही जिये कभी ना देशद्रोह किया,
इस देश में ही सब कुछ जाना है, धर्म से ऊपर इस देश को माना है।
जब देश पर मुश्किल आती है,
हर ओर से दुआ की जाती है,
जब दुश्मन हमें सताता है,
देश का वीर अपनी जान गँवा हमें बचाता है।
जब दीवाली पर हर जगह खुशियों का दीपक जलता है,
ईद पर हर कोई ग़म भुला गले मिलता है,
इस देश की वासी होने पर गौरवान्वित हूँ,
मैं एक भारतीय नागरिक हूँ।।

Yamini Shrivastava

भारत माँ

ये माँ का मंदिर है,
जहाँ होती वीरों की पूजा।
स्वाभिमान की बलिवेदी पर,
जहाँ न्यौछावर होती सीता।
यहाँ दुश्मनों को ललकारा,
वीर शिवा और राणा सांगा।
जहाँ ऋषि मुनि करें साधना,
कालजयी हुये तुलसी, गीता।
ये माँ का मंदिर है,
जहाँ होती भारत माँ की पूजा।

Sakshi Jarandikar

सैनिक का मनोगत

आंचल मां का
इतना प्यारा हैं,
जितनी प्यारी रोटी
उतनाही न्यारा हैं।
ज़ख्म मेरे कंधेपर हैं,
उतना ज्यादा दुलारा हैं
नए संस्कृती के देश में,
मेरेलिए सहारा है।
माना परिवारसे दूर हूं,
तू मेरा इक परिवार हैं,
इच्छा, ख़्वाब अधुरे हैं,
तू संसार सारा हैं।
बचपनसे मुझे तूने
सिखाया लड़ना है,
आजभी तूफ़ान आए तो,
इस दिल मैं तिरंगा लेहरा हैं।
तेरेलिए निचे झुके कुर्बानी में,
तू इतना उंचा झलकता है,
मेरी आवाज़, साज में
तेरा नक्शा गहरा चमकता हैं।
लढ़ गया इन मैदानोंमें
सांसों की पहचान मेरी है,
जितनी मिट्टी तेरी,
उतनीभी मिट्टी मेरी हैं।

Khushi Krishna Veerothi

देश के वीर जवान

ना सांसों की परवाह है,ना ख्वाबों की अब आस है
ये देश के रखवाले है जों सबके बने खास है

भूख - प्यास छोड़कर जलते रहें आफताब की आग में
खून का पानी बन गया , जवानी दे दी त्याग में

त्योहारों की कुर्बानी दी है,उत्सवों की परिभाषा है भूलें
भूल गए उल्फत के फसाने,सुने पड़ गए वो बहारों के झुलें

तैनात रहते है हरदम सारे , कब्र अपनी वो खोद आए
कतरा कतरा बहा देते जान भले ही चले जाए

क्या फितूर,क्या रवानी,क्या जज्बा इन्होंने पाया
बलिदान देश के लिए इनका कभी नहीं गया जाया

ये देश के जवान है हमारे ,ये देश का गुरूर है
हीरे के चमक से ज्यादा इनके चहरे का नूर है

Prakriti Bhagat

उन जवानों का

यह देश है उन जवानों का
जिनकी मां है भारत माता
जिनका गुरूर है लहराता तिरंगा

यह देश है उन जवानों का
जिनके लिए पूरा देश एक परिवार है
और बाकी मुल्क अपने यार हैं

यह देश है उन जवानों का
जिनका अपना सीना भलेही गोलियों से छलनी हो
पर सपना है कि हर भारतीय की नींद चैन से पूरी हो

यह देश है उन जवानों का
जिन की शान है शहीदी में
पर गोली लगी हो सीने में

यह देश है उन जवानों का
जिनकी सेना में भेदभाव नहीं होता
हर प्रांत उनका हिस्सा अलवर एक भारत का हिस्सा

यह देश है उन जवानों का
जिनके लिए मौसम तवज्जो नहीं रखता
मायने रखती है तो देश की सुरक्षा ,हमारी सुरक्षा।

Ankita Arsiya

मेरे वतन

अलग अलग रंग मिल बनता
इंद्रधनुष है
इस तरह ही बना हमारा ये देश है
रीत रीवाज, बोली भाषा कई है
बात जब देश की आती
ये सारे रंग एक हो कर अनोखा
इंद्रधनुष बनाते है
इस रंग को सलाम हर देश करता है
इस तिरंगें के आगे हर दिल है झुकता
कितना खुशनसीब है वो सख्श जों
खुद को कुर्बान कर इसकी आगोश में
लिपटा है,
क्या लिखे तेरी तारीफ में हम
जिंदगी अगर काम आए अपने
वतन के इस से ज्यादा अब ना कोई
ख्वाइश अब इस दिल की है....

Chitranshu

मुझे तिरंगे की आदत है
जज्बा कायम है
मर मिटेंगे हम उसके लिए
जिस देश का नाम भारत है

कोई एक गाल पर मारे तो दूसरा आगे करना
ये तो हमारी शराफत है
जिस देश में रहे सब एकत्र
उस देश का नाम भारत है

कईयों ने दिया धोखा तो कईयों ने संभाला
बस लगन रही देशभक्ति की
जिस देश के लिए दिलो जान से इबादत है
उस देश का नाम भारत है

परखते परिखर विद्रोहवादी
इस देश से जो चाहत है
कभी शान नहीं खोने देंगे उसका
जिस देश का नाम भारत है ।

Anamika Tulsyan

मेरा देश

यह देश मेरा मान है, यह देश मेरी पहचान है
जन्मभूमि है यह मेरी,न्योछावर इसके लिए मेरे प्राण है।
लहू में बहता है मेरे
देश के लिए कुछ कर जाने का जुनून,
जहां तक नजर जाए मेरी
दिखता है सबकी आंखों में इसके लिए सुरूर।

यहां कोई नहीं मेहमान है
सबको अपना ले एक पल में ऐसी इसकी पहचान है,
अमीर गरीब का भेद भले यहां,
हाल भी कुछ-कुछ बेहाल है,
दुख - दर्द परेशानी भी है।
पर हर हाल में सब के चेहरे पे मुस्कान है।
ताजमहल है शोभा यहां,तो दूसरे तरफ राधा- कृषण का सार है।
मंदिरों में श्रद्धा अपरम्पार यहां
मानो हर एक दिन त्योहार है।
सोन चिरैया है भारत हमारा,
तिरंगे में बसे सब के प्राण है।
हिंदू-मुस्लिम-सिख-ईसाई, सब भाई एक समान है।
कहते हैं लोग दिवाली में अली है,तो रमजान में राम है।
भारत जैसा देश नहीं कोई ,मां इसे हम बुलाते है
घर बार,अपना संसार त्याग,
कितने बेटे इसके सरहदों पर अपना फर्ज निभाते हैं।
यह देश हमारी जान है
इसके लिए हमारे आंखों में सपने
और दिल में सम्मान है।

Sima Verma

तिरंगा

देश की शान है तिरंगा
हर भारत बासी की पहचान है तिरंगा..
कर गुज़रते है हम कुछ भी इस देश के लिए क्युकि हमारा इमान है तिरंगा..
ये धरती भी कभी खून से सजी थी..
हमारी धरती भी कभी दुल्हन बनी थी..
आज करते हैं हम कुर्बान अपनी जान को..
खतरों से खेलते है लेकर हाथ में अपने ईमान को..
कि थी कोशिशे काफी जालिमों ने हमारी धरती को बर्बाद करने की..
लेकिन हमारी भी कोशिशे थी उन्हें तबाह करने की..
जंग का मैदान था..
मन में जज़्बातों का एलान था..
उम्मीदे कुछ इस कदर छा गयी..
हौसले से मिलने आजादी आ गई..
हमने भी भरी उड़ान..
ले लिए दुश्मनों के प्राण..
कर दिया जीत का जय गान..
क्युकि तिरंगा है..
हमारी आन बान और शान..

Rahul Kumawat

देश मेरे

तेरी माटी में खेला, हंसके हर दर्द झेला
तू ही रग - रग में मेरी, कब रहा मैं अकेला
मेरी आन भी तू , मेरी शान भी तू
मेरे दिल में बसा अरमान भी तू
तू ही मेरी जुबां, तू ही मेरा जुनू
हर ख्वाब मेरा, मैं तुझमें बुनूं
देश मेरे, देश मेरे, मेरा अभिमान तू
देश मेरे, देश मेरे, मेरी पहचान तू

मेरी इतनी सी कोशिश, मेरा इतना जतन
करूं तेरी हिफाजत मेरे प्यारे वतन
मेरी हद भी तू,मेरी सरहद भी तू
तेरे वास्ते जिऊंगा मेरी जिद भी तू
तू ही मेरी तमन्ना, तू ही मेरी आरज़ू
तन मन ये मेरा सब तुझपे वार दूं
देश मेरे, देश मेरे...

इस देश का मुझपे कर्ज है
अब ये ही मेरा फ़र्ज़ है
सारे किस्से कहानियां
मेरी देश पे मेरे अर्ज़ है
जब तक लहू की बूंद है ये
जब तक दिलों की गूंज है ये
जब तक जवानी जिंदा है
तब तक दिलों में तिरंगा है
इसकी हिफाजत की खातिर

कितनों ने खून बहाया है
गुलामी को ठोकर मारी
आजादी को कमाया है
तुम भूल ना जाना नौजवान
भारत है ये कितना महान
सर कटे ये फिर भी झुका नहीं
देनी पड़ जाए चाहे जान

चलता ही रहूं अब मैं ना रुकूं
मेरी नस - नस में भारत है सुकूं
यही मेरा धरम यही मेरा करम
यही जिद है मेरी, यही मेरा जुनू
देश मेरे, देश मेरे...

Mehak Agarwal

तिहत्तर वर्ष की हुई आज देश की आज़ादी हमारी,

आज भी देश का गौरव है तिरंगा हमारा,

सैनिक के बलिदान पे सारा देश नम आँखों से सलाम करता है उसे, क्यूकी वही है सशक्ता की पहचान हमारी,

भारत का नंगा-भूखा बच्चा भी आज़ादी के नारे लगाता है, ऐसा हैं जज़्बा हमारा।

।।जय हिंद।।

Anil Mansuriya

प्यारा भारत देश है हमारा ।

जिस देश की माटी फिजा में ही वीरों की महक घुली है वो प्यारा भारत देश है हमारा ।

पूर्व से पश्चिम, उत्तर से दक्षिण अलग अलग है जिसकी संस्कृति वो प्यारा भारत देश है हमारा ।

हर चार कोस पर पानी के साथ बोली बदले वो प्यारा भारत देश है हमारा ।

हर एक धर्म रहता है वहाँ फिर भी सब मिलकर रहते है भाई भाई वो प्यारा भारत देश है हमारा ।

हर धर्म का हर एक त्यौहार है अलग अलग फिर भी होते है एक दूसरे की खुशियां में शामिल वो प्यारा भारत देश है हमारा।

हर एक क्षेत्र की भाषा, वेशभूषा, रहन सहन, खान पान है अलग अलग फिर भी रहते है साथ मिल-जुलकर एक होकर वो प्यारा भारत देश है हमारा ।

जश्ने ए आजादी के त्यौहार में तिरंगे के नीचे होते है सब तन मन देशभक्ति से होते है शामिल वो प्यारा भारत देश है हमारा।

Gayatri Mahajan

और हम हिंदुस्तानी हैं

शायद हम सब की पहचान अलग हैं,
मैं हूँ, तुम हों, हम सब हैं..
और हम हिंदुस्तानी हैं...
आज चाहे धर्म में सब बँट गए हो,
चाहे हम सब की बोली में फर्क हो,
पर एक बात जो सच हैं,
मैं हूँ, तुम हो, हम सब हैं..
और हम हिंदुस्तानी हैं...
देश की मिट्टी भी बँट गई हैं दोस्तों,
पूरब से पश्चिम और उत्तर से दक्षिन,
आसानी से हम राज्यो के नाम ले लेते हैं,
पर कोई फर्क नही पड़ता,
क्योंकि
मैं हूँ, तुम हो, हम सब हैं
और हम हिंदुस्तानी हैं..
गर्व हैं इस मिट्टी पर, गर्व हैं हमारे तिरंगे पर,
गर्व हैं इस देश की एकता पर,
चाहे बँट गए हो हम खुदगर्ज़ी के मोड़ पर,
पर कोई बात नही,
क्योंकि
मैं हूँ, तुम हो, हम सब हैं,
और हम हिंदुस्तानी हैं...

Kumari Nainsi

नया भारत

भारत का रंग सुनहरा है ।
जहां रंगों का ही मेला है।
हर वेश के लोग हर देश के लोग,
हर रंग जिसे ही प्यार है।
यहां पर्वों का मेला लगता है,
हर मौसम यहां अपना रंग बिखेरती है,
भिन्न-भिन्न भाषाओं की टोली सस्ती है,
सोंधी सोंधी मिट्टी की महक खेतों को महै़काती है,
जब था अंग्रेजों का शासन तब भी हिंद हमारा था।
इस मिट्टी ने देखी है इतनी खून,
क्या आजाद होगी मिट्टी हमारी सपनों में भी ना सोचा था।
यह देश है वीर जवानों का,
जिसने सिर झुकने ना दिया भारत माता का ,
हंसते-हंसते झड़ गए सूली,
इस देश के वीर जवानों ने,
फिर आवागमन हुआ एक नए भारत का;
जिसने पूरे विश्व में अपनी एक नई पहचान बनाई,
अपनी सौंदर्य, विश्वास ,हिम्मत, निष्ठा, प्रेम ,उम्मीद और वीरता दिखलाई

Kumari Nainsi

इस भारत की मिट्टी, हर दर्द में महलम की तरह काम करती है।
ऐ मुसाफिर !
है दर्द तो लगा ले इस महलम को....

मुट्ठी बांध कर आए हैं , इस मिट्टी पर,
और यादें भी इसी मिट्टी से बनती हैं ।
इस मिट्टी के लिए मर भी जाएं तो क्या गम,
क्योंकि पहचान भी तो इसी ने दी है।

Sakshi Rathod

ये वतन आबद रहे तू

ये वतन हमेशा आबाद रहे तु
यह दुआ है हर किसि कि,

तेरी मिट्टी कि खुशबू सलामत रहे
यह आरजू है हर किसि कि,

ये वतन,

मोहोब्बत है तु हमारी

ज़िन्दगी हे इस चमन मै
यह खुश नसीबी हे हमारी.....

Rushal Chaudhari

जवान

मैंने देखा एक नन्हा राही,

जिसकी राह शुरू पिता के लहू से हो रही,

मातम मनाए दुनियाँ जहाँ,

खून उसका केसरी मौत नही, वीरगती कह उठ आया..

मेरे जवान का खून फिर सेना में आया,

रोते परिवार को छोड़ शान से गर्दन खड़ी कर वो फिर सरहद पर आया..

इस माँ के आँसू दिल पर घाँव करे, तो उस माँ का सम्मान भी ना हो कम जहाँ,

हैं मेरे वतन के असली शेर दिल जवान यहाँ..

Shresth Bhargava

उत्तर में हिमालय के साथ
दक्षिण में हिंद महासागर
पश्चिम में अरब सागर
पूर्व में बंगाल की खाड़ी।
मुझे अपने देश से प्यार है
विकसित संस्कृति के साथ
और सुंदर मूर्तिकला
लोगों को कोई आराम नहीं है
अपना काम बेहतरीन तरीके से करने के लिए।
मुझे अपने देश से प्यार है
वे हमें राशन में चावल देते हैं
वे नवीनतम फैशन में कपड़े पहनते हैं
वे कई आविष्कार करते हैं
जो कल्पना के बारे में हैं।
मुझे अपने देश से प्यार है
हिल स्टेशन की संख्या के साथ
जो ईश्वर की रचना हैं
यह हमें सुरक्षा देता है
और हमें तनाव से बचाते हैं
मुझे अपने देश से प्यार है

Yachika Prajapati

मैने इस देश की मिट्टी से बहुत प्यार किया हैं

मैने इस देश की मिट्टी से बहुत प्यार किया हैं...
माँ की तरह किया आदर और सम्मान दिया हैं...
जो बहा हैं लहू देश की रक्षा में जवानो का....
मैने हर पल उसका आभार किया हैं...
मैने हर इंसान से बिना भेद के शिष्ठ व्यव्हार किया हैं..
समझकर ज़िम्मेदारी अपनी हर कर्म देश सेवा के नाम किया हैं...
मेरा देश बने विश्व विजेता इस सपने को अभी सिर्फ़ आकार दिया हैं...
इस मिट्टी से कर तिलक मैने इसको दिलो जान किया हैं...
हम होगे विश्व विजेता ये ऐलान किया हैं...
मैने इस देश की मिट्टी से बहुत प्यार किया हैं...
माँ कि तरह किया आदर और सम्मान दिया हैं...
देश की रक्षा में ही बढे कदम अपना हमेशा यही पर्यास किया हैं...
गलती से भी दिल ना दुख जाये मेरी वजह से किसी का इसका कर ख्याल हर काम किया हैं...
इस धरा को ही सब कुछ मान हर कर्म किया हैं...
मेने इस देश की मिट्टी से बहुत प्यार किया हैं...
बहुत प्यार किया हैं...
हमारा देश होगा विश्व विजेता ये ऐलान किया हैं...

Aditi

था वो खून किसी का !

था वो खून किसी का,
था वो सिन्दूर किसी का,
था वो पिता किसी का,
था वो दोस्त किसी का,
कहके गया आऊंगा लौट के
जो था एक सैनिक इसी भारत देश का!

Prerna Kesharwani

मेरा देश मेरी पहचान

इस देश को आज़ाद करने के लिए माज़रत हर दफा करुँगी
खुद की जान झोखे में डाल कर इस देश के हर व्यक्ति को बचाऊँगी

लोगों के नफरत को क़ुरबत में बदल जाऊँगी
और उनके तवक़्क़ो को दूर तक पहुँचाऊँगी

इस मिट्टी के लिए उनके तलाफुज़ को शुद्ध कर जाऊँगी
और उनके कामों को इस ज़मीन के लिए फ़ज़ीलत बताऊँगी

कभी किसी का ख़सारा ना देखना चाहूँगी
इसलिए इस देश के लिए खुद को कुर्बान कर जाऊँगी

इसी पे कुछ अर्ज़ किया है ----

इनके ज़िन्दगी में कभी रैना ना आये इसलिए,
उन्हें खुर्शीद के तरह देखना चाहूँगी
और इन सब का सर पिंडार से भरा रहे इसलिए,
इन सबको इस देश में देखना चाहूँगी

Prasad Dev

देश के लिए प्यार।

तिरंगा लहराता है अपनी पूरी शान से।
हमें मिली आज़ादी वीर शहीदों के बलिदान से।।

आज़ादी के लिए हमारी लंबी चली लड़ाई थी।
लाखों लोगों ने प्राणों से कीमत बड़ी चुकाई थी।।

व्यापारी बनकर आए और छल से हम पर राज किया।
हमको आपस में लड़वाने की नीति अपनाई थी।।

हमने अपना गौरव पाया, अपने स्वाभिमान से।
हमें मिली आज़ादी वीर शहीदों के बलिदान से।।

गांधी, तिलक, सुभाष, जवाहर का प्यारा यह देश है।
जियो और जीने दो का सबको देता संदेश है।।

प्रहरी बनकर खड़ा हिमालय जिसके उत्तर द्वार पर।
हिंद महासागर दक्षिण में इसके लिए विशेष है।।

लगी गूँजने दसों दिशाएँ वीरों के यशगान से।
हमें मिली आज़ादी वीर शहीदों के बलिदान से।।

हमें हमारी मातृभूमि से इतना मिला दुलार है।
उसके आँचल की छैयाँ से छोटा ये संसार है।।

हम न कभी हिंसा के आगे अपना शीश झुकाएँगे।
सच पूछो तो पूरा विश्व हमारा ही परिवार है।
विश्वशांति की चली हवाएँ अपने हिंदुस्तान से।
हमें मिली आज़ादी वीर शहीदों के बलिदान से।।

Neha Gupta Saxena

गर्व है मुझे उस देश पर जो भारत कहलाए.

गर्व है मुझे उस धरती पर, जिसमें हिमालय से रक्षित, गंगा से पवित्र तीर्थधाम है उसमें, अलग-अलग बोलियां, अनेक भाषाओं में नाम है उसके....
सोने की चिड़िया कहलाए, जिस देश में अंग्रेजों ने झंडा फैलाए, 200 साल तक किया संघर्ष, उस संघर्ष की वजह से आज भारत अपना कहलाए....
क्या नहीं दिया भारत ने दुनिया को, 0 से चांद तक पहुंचाएं, कबड्डी जैसे खेल खिलाएं, राष्ट्रीय धरोहर से दुनिया को अवगत कराएं, भारतीय नृत्य और संगीत की शैली सिखाएं, गर्व है मुझे कि वह भारत कहलाए....
प्रजातांत्रिक देश है अपना, इसका कोई राजधर्म नहीं, जनसंख्या की दृष्टि से विश्व का दूसरा बड़ा राष्ट्र कहलाए, इसकी अखंडता और एकता से पड़ोसी देश भी कांप जाए, हर क्षेत्र में कर रहा तरक्की ऐसा मेरा भारत कहलाए.....
गर्व है मुझे देश पर जिसने आयुर्वेद को जन्म दिया, बुध और जैन धर्म को बराबर का सम्मान दिया, नहीं भूल सकते अपने वेदों की कुर्बानी, जिसने शिक्षा के क्षेत्र को तक्षशिला विश्वविद्यालय में स्थान दिया.....
शब्द नहीं है अपने देश को स्वर्णिम अक्षरों में लिखने के लिए, पर दिल से चाहती हूं, भारत का नाम विश्व गुरु बन कर उभरे, आज भी इस देश के हर नौजवान में जो दिल धड़कता है वह अपनी मां की रक्षा के लिए कुर्बान है,
यही इस तिरंगे की शान है....
गर्व है मुझे इस देश पर जो भारत कहलाए.

Sikandar Kumar

दहला दे दुश्मन का सीना वो हिन्दुस्तान हमारा है
कटाये सर,ना झुकाये वो स्वाभिमान हमारा है । ।
शुन्य से सूई तक हमने दिया दुनिया को,
लड़ाये एफ-16 से मिग-29 वो अभिनन्दन हमारा है।
स्वर्ग सी इस धरा पे धरा प्रभू ने स्वयम अवतार,
वो अयोध्या,वो मथुरा,वो काशी करते गुणगान हमारा है।
कहीं लहलहाते हुए खेत कहीं गगन छुते पर्वत,
वो गर्मी की लू पूस की सर्दी पावन सावन हमारा है।
हमारी शौय की गाथा तो चाँद,सूरज,मंगल से पूछो,
वो चन्द्रयान,मारूती नन्दन और मंगलयान हमारा है। ।
नाकाम कोशिश करते है पडोसी हिन्दुस्तान मे घुसने की,
ना झुकने दिया हिन्द को ये अभिमान हमारा है। ।
इस देश की अखंडता की छटा ही निराली है ,
रहते हैं जहाँ मिल के हिन्दू, सिख,ईसाई वो मुसलमान हमारा है ।
जान दे कर भी ना चुका पाऊँगा कर्ज तेरी ऐ मिट्टी,
दफन हो जाऊं तुझ मे बस यह बलिदान हमारा है। ।

Yogesh Kumar Shivhare

इसी माटी के है हम

इसी माटी के है हम तो, यही अभिमान मेरा है।
इसी से मेरी हस्ती है, इसी से मान मेरा है॥

खड़े है सरहद में जितने, उसे मेरी सलामी है।
लहू सींचा है जिस जिसने, वही अभिमान मेरा है॥

जहाँ रहते है सब मजहब, सभी ही सर झुकाते है।
जहाँ में कोई ना ऐसा, वो हिंदुस्तान मेरा है॥

झुकाता हूँ मैं सर अपना, इसी में दफ़्न होना है।
जहाँ बहती है गंगा मां , वो हिंदुस्तान मेरा है॥

तिरंगा के खातिर हम, लुटा कर जान हँसते है।
वही फ़ौजी भाई मेरे, वही अभिमान मेरा है॥

Seema Thapa

मेरा भारत महान

देश के तिरंगे को हम सब मिल कर देते हैं सलामी,
याद करते हैं उन स्वतंत्रता सेनानियों को जिन्होंने वतन के लिए दिए अपनी कुर्बानी|
तुमने देश की रक्षा के लिए
किए प्राण न्योछावर,
कई कुमकुम-माथे की
बिंदिया को बिखरा कर,
देश की शान हो तुम,
मिट्टी का सम्मान हो तुम,
देश के वीर जवानों
भारतवासियों की उम्मीद हो तुम..
तुम देश की सीमा पर खड़े ना होते,
तो हम सब भारतवासी
चैन की नींद कैसे सोते?
तुमने हमारी सुरक्षा के लिए
अपनी रातों की नींदों को खोया है,
तुम्हारे बलिदान से
हर एक भारतवासी रोया है,
इस मिट्टी में शहीद होकर
तुमने वीर पुत्र होने का गौरव पाया है,
जीत की जश्न में
भारत का तिरंगा फक्र से लहराया है,
स्वतंत्रता सेनानियों के वीरों की गाथा
प्रत्येक भारतवासी ने गाया है,
भारत को आजादी
हमारे वीर महापुरुषों ने दिलाया है,

हमारा महान देश भारत
"सोने की चिड़िया कहलाया" है,
हर एक भारतवासियों को स्वतंत्र बनाया है,
सत्याग्रह, स्वच्छाग्रह एवं अहिंसा का मार्ग दिखाया है,
आत्मनिर्भर भारत के संकल्प से
प्रत्येक भारत वासियों ने स्वदेशी अपनाया है,
भारत को केवल महान नहीं
बल्कि सर्वश्रेष्ठ देश बनाया है..

Shashikanta Dhamudia

स्वाधीन भारत.., स्वतंत्र भारत

मुस्कराते हुए शहीद हो गए,
दिल में प्रचंड ज्वाला था...।
खून से लत पत चल पड़े,
बूंद बूंद में स्वराज के नारा था..।।

सर पर आजादी की रंग लगाने,
चढ़ गए कितने फांसी पर...।
रक्तपात के नदियां बेह गए,
आजादी जान से भी प्यारा था...।।

फ़र फ़र उड़ती तिरंगा,
आसमान को छूती तिरंगा,
शहीदों के गीत गाते हें... ।
जिनके बदौलत ये आजादी,
वो महान गाथा बताते हैं...।।

जात पात के नाम पर,
भारत को ना बाँटो तुम..।
भारत माता की इज्जत को,
सारे आम ना लुट तुन...।।

इस सुभ अवसर पर
आओ हम सौगंध लें.... ।
हिन्दू मुसलमान सीख ईसाई
हाथों मे हाथ थाम लें..... ।।

कंधे से कंधा मिलाकर,
आओ साथ चले हम..।
बनाए आत्मनिर्भर भारत,
बीस्व में रोशनी फैलाए हम...।।

Sanjay Naik

वीर सपूत !!

वतन को अपने आबाद देखना
चाहता हूं
है सुकून इस मिट्टी में जिस
पर आराम फरमाता हूं
देश को अपनी आंच ना आने
दू पलखों पर सजाता हूं
सरहद पर तैनात होकर जान
की बाज़ी लगाता हूं।

शहीद होकर भले प्राण अपनी
मैं गंवाता हूं
तब जाकर मां तेरा बहादुर बेटा कहलाता हूं
आंखों से आंसू का एक कतरा
भी मत बहाना
साथियों को अपने घर बुलाता हूं
इसी मिट्टी में आज दफ़न हो
जाऊंगा सुकून से कफ़न पर लेट
जाता हूं।

कुर्बानी मेरी खाली नही जाएगी
एक संदेश देश को दे जाता हूं
मुल्क का कर्ज चुका दिया मैंने
थोड़ी चैन की नींद सो जाता हूं
थोड़ी सी धूल अपने माथे पर
लगाकर देश का नाम पुकारता हूं
जय हिन्द करता इस तिरंगे को चारों और लहराता हूं।

Prashasti Sachdev

आजादी के मायने

अंग्रेजों से आजादी के 73 साल बीत जाने की
लाखों लोग खुशियां मना रहे हैं आज;

जो पुश्तों से जात-पात के शिकंजे में हैं,
जो धर्म के नाम पर कट मरे एक पल में,
वो धर्म के भक्त आजादी की ख़ुशी मना रहे हैं आज;

जो बेटियों की उड़ान पर अफसोस करते हैं,
जो बेटों को सरकारी नौकरी में उलझा के रख रखे हैं,
वो सज्जन लोग आजादी की ख़ुशी मना रहे हैं आज;

जो अपने इतिहास की कहानी का जर्रा भी ना जाने,
आज सोशल साइट्स पर तिरंगे का स्टेटस लगा रखे हैं,
वो महान लोग आजादी की ख़ुशी मना रहे हैं आज;

जो युवा गलत आदतों से खुद को मुक्त ना कर पा रहे,
जो खुद को दुनिया के भ्रमों में उलझा के रख रखे है,
वो होनहार युवा आजादी की ख़ुशी मना रहे हैं आज;

जो अपनी बहन- बेटियों को दुनिया के तौर तरीके सिखाते हैं,
दूसरी लड़कियों को देख उलजुलुल बातें करते रहते हैं,
वो तमिजदार लोग आजादी की ख़ुशी मना रहे हैं आज;

अंग्रेजों से आजादी के 73 साल बीत जाने की
लाखों लोग खुशियां मना रहे हैं आज।

Siddhesh Rasal

देख माँ 'तेरी शरण में एक और जवान आया है।।

तेरी मिट्टी की सौगंध ने मुझे बुलाया है।
देख माँ तेरी शरण में एक और जवान आया है।।
जो अपना सब घर-बार छोड़ कर तेरे पास आया है,
एक दफा उसकी नजर तो उतार लें,
जो पूरी दुनिया को बुरी नजर से बचाकर आया है,
देख माँ तेरी शरण में एक और जवान आया है।
वो चाहे जहाँ भी शहीद हो ,
तेरी माटी ने उसे अमर किया है ।
जिसने अपना तन मन तुझे अर्पण किया है।
देख माँ तेरी शरण में एक और जवान आया है ।।
जो हाथ में बंदूक लिये ,
तेरे तिरंगे को सलाम कर,
फिर से जंग छिड़ने जा रहा है।
पर इस बार शहिद नही
अमर होकर आ रहा है ।
तेरे तिरंगे में लपेट शान से तुम्हारे पास आ रहा है।
देख माँ तेरी शरण में एक और जवान आया है।।

Biswaranjan Biswal

ना राम का भक्त हूँ ,
ना अल्लाह से दुआ करता हूँ,
माँ कसम उस मिटटी को ,
खुदासे बढ़ कर मानता हूँ ।।

Neelam Sahu

शान की बात आई तो वो सबसे आगे आया था
बिना कुछ सोचे समझे अपनी जान की बाजी लगाया था
खत लिख अपनी मेहबूबा को वो मौत को गले लगाया था
इस मिट्टी की शान बचाके वो सच्चा वीर कहलाया था....
कोशिशे काफी की थी उसने
मौत से बाहर आने की
वापस अपनी मातृभूमि पर
जान न्यौछावर कर जाने की.....
घरवाले राह तकते रहे
दिन रात आहें भरते रहे
पर जब आई बात विदा देने की
तो दिल पे पत्थर रखकर तिरंगे के कफन में लिपटे बेटे को देख
अंदर ही अंदर जलते रहे.....
तिरंगा भी कहा सबको नसीब होता है
वो वक़्त भी कितना अजीब होता है
जब एक हाथ पे बंदूक और दूसरे में घरवालो के तस्वीर देख
एक जवान का मौत करीब होता है.....

Karm Patel

हिंदुस्तान

प्रबल शक्तिशाली हो देश मेरा....
न भाव उंच-नीच का हो...
दुश्मनों में उठे भय की आंधियां...
जब ज़िक्र हिंदुस्तान का हो...
जीवन की हर सांस में मेरी....
नाम भारतमाँ का हो...
मर भी जाऊ अगर कोई गम नहीं....
लेकिन कफ़न मेरा तिरंगा हो।

Rishabh Srivastava

भारत चीन संघर्ष

हर संधि को तोड़ा तुमने , की तुमने गद्दारी है
पीठ में खंजर घोपा तुमने की ये गलती भारी है।
जिन निहत्थे सैनिकों को तुमने छल से मारा है
हर शहादत का बदला लेने का अब वक्त हमारा है।
सौ चीनी पर भारी होगा एक वीर हिंदुस्तान का ,
बदला लेंगें अब ये फौजी हर भाई के बलिदान का।
नाकों चने चबाओगे तुम , वापस पीछे जाओग
मार गिराएगी ये सेना गर आँख अब दिखाओगे।
गलवान की कायरता का अब परिणाम चुकाओगे,
लद्दाख की बात तो छोड़ो बीजिंग से भी जाओगे।
माना कि हम हिंदुस्तानी अहिंसा के पुजारी है,
पर बात पड़े जब भारत माँ की तो दुश्मन पर भारी है।
वार नही करते हम पहले ,पर आत्मरक्षा आती है,
प्राण निछावर कर देतें हैं जब बात देश की आती है।
चाहे है हर वीर यहाँ का की वो धरा संलिप्त करे,
देकर लहू निज देह का इस मातृभूमि को तृप्त करे।
तुम क्या जानो क्या है शहादत? तुमको वार पीछे से आता है
पर हिंदुस्तानी हर सैनिक की खुद की एक शौर्य गाथा है।
क्या तुलना तुमसे इस देश कि यह देश तो अतुल्य है,
हर वीर की देहरी यहां पर देवभूमि समतुल्य है।।
हर जवान यहाँ सरदार है हर फौजी बोस समान है,
यह वीर भूमि है धरा पे जिसका नाम हिंदुस्तान है।।

Vartika Agrawal

मेरा देश मेरी पहचान

यह देश थोड़ा हमारा है।
यह देश थोड़ा तुम्हारा है।।
इस देश की मिट्टी पूजी जाती है।
क्योंकि यह मिट्टी जवानों के खून से सींची जाती है
साफ रखो इस देश को करो कुछ सहयोग।
स्वछता से ही दूर होगा हर एक रोग।।
आजादी के खातिर उन वीरों ने अपनी जान गवाई है।
देश के लिए उन वीरों ने सच्ची दौलत पाई है।।
हिंदुस्तान मै प्यार है,त्योहार है,संस्कार है।
क्योंकि देश की सत्ता में मोदी सरकार है।।

Gaurav Agrawal

तीन रंग में लिपटा जीवन

तीन रंग पर बांटू अपने जीवन की अमराई को,

सरहद की धरती पर बांटू जीवनरूप मिठाई को,

बांट रहे जो शान तिरंगा की उन पर चढ जाऊं मै,

वीर शिवाजी की भांति ही शेर बना लड़ जाऊ मै

लाल खून जब सरहद पर से चढ़ता और उतरता है,

चांद और सूरज की किरणों को भी फीका करता है,

मांओ की ममता ने जो ऐसे मोती सींचे है,

तीन लोक भी उस मोती को पा लेने के पीछे है।।

मै उस मोती जैसा बनने में अब से जुट जाऊंगा,

आन पड़ी तो मै भी इन रंगों में ही बंध जाऊंगा

Diksha Bairwal

मौत की नींद

मौत की नींद सुला कर दुश्मन को खुद को अब सुलाया नहीं जाता,
नहाया था इंसान के ख़ून से आंखों से वो मंज़र भुलाया नहीं जाता !

बड़े गर्व से पहनता था वर्दी देश की इसमें कोई भी शक नहीं,
पर क्या करूं अब वर्दी से यह खून का दाग मिटाया नहीं जाता !

मुल्कों की दुश्मनी नहीं जनाब,यह सियासत का सारा खेल है,
ज़रा धीरे बोलना तुम जंग का ये राज किसी को बताया नहीं जाता!

दिल में रोशनी का निशान नहीं, रास्ते में कोई भी साथ नहीं,
घबरा के इन अंधेरों से मुझसे खुद का ही साथ निभाया नहीं जाता!

हर शिखर पर फिर फहराउंगा तिरंगा यह वादा करता हूं तुझसे,
माफ करना मां,खूनी जमीन पर मुझसे तिरंगा फहराया नहीं जाता!

जंग से पहले की तैयारी का हर सामान पाओगे तुम यहां,
पर कैसे जीना है जंग के बाद यह कहीं भी सिखाया नहीं जाता!

Manoj Nainwal

गर्व करें अपने हिंदुस्तान पर

न जाति पर न धर्म पर।
चलो आज लड़े
तिरंगे की शान पर।।
न मंदिर पर न मस्ज़िद पर।
चलो आज शत शत प्रणाम करें
उन वीरों को उनके बलिदान पर।।
न अमीरी पर न रुतबे पर।
चलो आज अभिमान करें
सरहद पर खड़े हर जवान पर।।
न स्वाद पर न बनाने वाले पर।
चलो आज तारीफ करें
अनाज उगाते हर किसान पर।।
न शहर पर न राज्य पर।
चलो आज गर्व करें
अपने हिंदुस्तान पर।।

Manoj Nainwal

आज़ाद हिंद

उस "आज़ाद हिंद" का वासी हूँ मैं
जहाँ दिए बलिदान लाखों "वीरो" ने
तड़पती आह पर "धरती माँ"की
जिन्होंने दिलायी तृप्ति हो
सहकर अंग्रेजों के हर एक "अत्याचारों"को
जिन्होंने उनको दिया मुह तोड़ जवाब हो
उस "आज़ाद हिंद" का वासी हूँ मैं
जहाँ चले है लाखों "वीर"अंगारों में
धरती के बंज़र खेतों को
जिन्होंने उभारा हो "हरियाली और अनाजों" से
उस "आज़ाद हिंद" का वासी हूँ मैं
जहाँ सींचा हो अपने पसीने से
"धरती माँ" को "किसानों" ने
लाख शत्रु खड़े हुए शरहद में लूटने भारत माँ को
सीना ताने भीड़कर सरहद में, भारत माँ को
जिन्होंने बचा रखा हो
उस "आज़ाद हिंद" का वासी हूँ मैं
जहाँ जान की कीमत न देखी हो
मेरे देश के "वीर जवानों" ने

Sakshi Barad

मेरा देश मेरी शान है

यहाँ की धरती,मिट्टी,खेत,खलियान
मेरा अभिमान है..

मेरा देश मेरी शान है...!

हिमालय से कन्याकुमारी तक
भिन्न संस्कृती यहाँ की पहचान है..

मेरा देश मेरी शान है....!

गंगा,यमुना और नदियो का संगम
पहाड़,झरने,समंदर हमारा प्राण है..

मेरा देश मेरी शान है...!

लोगोमे भलेही विविधता है
पर इंसानियत और प्रेम का जहाँ गुणगाण है..

मेरा देश मेरी शान है...!

सारे जहाँ मे अच्छा मेरा देश महान है..
मेरा अभिमान है..

मेरा देश मेरी शान है ....!!

Anisha bharti

ये मेरा देश

के बड़ी दिलचस्प है रूहानियत मेरे देश की
यहां बॉर्डर पे शहीद की हर बूँद में धुलि मोहब्बत होती है,
और इनको किसी हुस्न की कोई चाहत नहीं
यहां सबसे पहले वतन कि इबादत होती है

और कहने को तो दुनियां चलती है मर्दों से
मगर यहां मां ही धरती और मां का ही आसमान होता है
ये वो देश है जहां स्वर्ग भी बनता है औरत से
वरना उसके पहले तो यहां हर घर मकान होता है

Ayushi Tiwari

One Nation One People In My Mind

Glancing at the wondrous skies,
Deeply sunken with heavenly stars.
Countless, they are, yet beautiful they shine.
Akin the love to my beloved country,
Far from sight but everyone feels by heart.

Where I drink and quench my thirst,
Where I eat and fill up my hungry stomach,
Where I've grown and immeasurably cared,
Where I've played and enjoyed a charming life,
I'm forever bound to sacrifice for my nation.

I keep my promise to serve costitution,
With peace of mind in all difficult times,
Respect to my country, India in my vein,
One nation one people inserted in my mind,
Let's collide our thoughts for betterment to shine.

Shining hues of warmth my country holds,
I sincerely act upon his majesty's told,
I will not let his faith and trust be sold,
In youth I fall, and I am moving to uphold,
Blessed to be born here, I'll die being old.

N Sathana

India - The Identity

The symbols of our country
Means more than what we see,
A vibrant peacock is a symbol
That is fierce, strong and free.
Our flag that flies across the lend
Waves in saffron, White, green and blue;
It shows our pride in where we live
It stands for sacrifice, peace, fertility and truthful too.
The statue of unity in the banks of Narmada
Holds our strength and in an incomparable height it stands,
He welcome all to the unity shore
From every other land.
With rivers, mountains, forests
India is a land of immense beauty,
With different religions and castes together
It holds the culture of high prosperity.
The diversities of our country
Represent the best of who we are,
People living here peacefully and proud
Illuminating happiness both near and far.
We honour our country everyday
Remember our forefathers sacrifice in the years past,
For that justice, joy and honesty
Even apart centuries, the pride and glory will everlast.

Ishita Bhatnagar

Indian - This just isn't a word,but an emotion.

Being a proud citizen of this country, where culture variations are highly celebrated & enjoyed.

A country whose leading in the Space Voyages(ISRO).
Inspirations like Kalpana Chawla, Shanti Swaroop Bhatnagar & Vishwanath Anad belongs.

Pranab Kumar Paul

Let's remind the past...
The days were in between the dark,
The fear was in all Indian's heart.
That did not stop them from fighting,
They just wanted their right without waiting.
In between the fires and guns,
They didn't fear getting burn.
It made them an ideal to follow,
But, those days were their last hello.
Days were full of storms and thunder,
Still, they made our country through the wonder.
A wonder that still shines,
For which at present, we feel the pride of being mine.
The days were in between the dark,
The fear was in all Indian's heart.
Still, they win the peace in between the places of unreached.

Keshav Tibrewal

Gumnam Nayak

Kuch log toh bhagwaan ka roop hain wardi me ,
Datt kar kaam karte hain wo kadakti dhoop ho chahe sardi me

Aisa nahi hai ke unhe dard nahi hota,
Wo insaan hi aise hain jinhe bina dard sahe khudpe garv nahi hota
Jab mushkilen ham par aati hai toh dard unhe bhi hota hai...
Par hame kya,hamara toh dimaag ke saath rooh bhi sota hai
Aur phir ye sunne ko milta hai....
"Ye karte hi kya hain, inka kaam hi hain rishwat lena",
Aasan hain na din bhar bina aaram ke dhoop me pehera dena

Corona ka darr toh tumhe bhi lagta hai aur unhe bhi lagta hai
Fark bas itna hai ke unhe fark hi nahi padta hai

Phirbhi log unhe pareshan karne se piche hatte nahi,
Aisa bartaav karte hain maano wo insaan hi nahi

Badnaami ke zeher ko pite hain wo log
Hame bachane ke liye har din marte hain wo log

Toh kyun bewajah ham inhe badnaam karen ,
Aao apni zindagi ka chota sa lamha in Police waalon ke naam Karen

Dasari Mohith Reddy

My India, My Pride

I am proud to be an Indian because, it is the place where I have the freedom to speak, protest and write against evil doings.

We have the right to stand up and fight when we see human cruelty.

India is also a country where people give at most respect to elders.

People of India live in peace and harmony.
India is an integrated country where people show brotherhood among others.

Also, it is a vibrant place where you will find innumerable differences co-existing.

It is one of the oldest civilizations. Its myriad cultures has been an amalgamation of various civilizations without disturbing its distinct form.

I am also proud because of our country's achievements in space&missile technology.

Moreover, I am proud because I am an Indian.

Ananya Anurag Anand

One Such Place

There's this one such place on Earth,
That carries everything one needs,
You see not only the needs,
Now it's also fulfiling our greeds!

India is one such land on Earth,
That gives each one the same treat,
It brings us together like beads,
It also heals the body that bleeds!

India is one such beauty on Earth,
That can help you get released,
It will release you from socery,
And make you escape all boundaries!

India is one such angel on Earth,
That will take you to different phases of life,
It will teach you something each time,
There's so much here to dine!

I can undoubtedly say,
My country is my pride!

Baisakhi Das

The Heroes Of Our Country

A generous bow to those brave blood,
Who shed their lives for their country;
Off to the borders without a thought,
Men with such courage creates a history

What candles shall I light for them,
The sun itself illuminates their glory;
What Carols shall I sing for them,
The heaven itself preaches their stories.

Great are those souls!
Who left behind their family and friends;
Immortal will those men be,
Till the life on Earth ends.

Just a minute for those who have up their lives for us;
Just a thought for those who never thought before dying for us.

If you ever have to fall for someone
Let it be your country
And if you do so..one day you too will create a history

N Pargavi

Spectacularly Sovereign

From Kashmir to Kanyakumari, is surrounded by beauty,
Which stands for the instance of our mother nature,
India has its culture displayed in customs and traditions,
Known for its unique festivals and celebrations,
The clothing differs with its geographical base,
Every ornaments of it has their own amazing grace,
The delightful expression of culture in the dance,
You must enjoy it, if you get a chance,
We have our unity when there is a need
At the times of crisis, the values are sown indeed,
There might be diversity in languages and religions,
But we manifest the attitude as Indian,
There might be hundreds of casteism,
Thousands of political confrontations,
And difference with little fights,
But when it comes as the sovereignty,
We forget caste, religion, languages
And we hold the hands of humanity,
Show our highest potential of unity,
Switch on the minds as Indian.

Sahina Mamtaz Chowdhury

My Pride

My country is my homeland
where I dwell and move freely,
who has showered me with love.
My country is full of colour, where
different people of different
religion and community exists.
Various tribes and sub-tribes
dwell in my country. Where we
celebrate various languages, tradition
and festivals. In my country you will
find different monuments and
one of the seven wonderers
Taz Mahal, built by Shah Jahan
for his beloved Mumtaz Mahal.
My country has scenic beauty,
which will allure you in many ways.
I am proud that I'm a citizen of this
colourful country, my land, my India.
My every breathe is for my country,
My every blood is for my country.
I, first belong to my country then
I belong to my parents who gave me
gift by giving birth to me on this land.
My love and respect for my country
shall live forever and ever, and I shall
do my duty to protect my land, as
my land is my Pride, my land is my love.

Debanjana Ghatak

Day Of Our Pride

Come, let's celebrate the day of our pride,
The day we have earned with our blood and sweat,
With our sacrifices and tireless protests, with our power and might.
Let's celebrate the day of our pride.

We were tortured and dominated,
We were imprisoned and molested,
But we didn't give up, we stood erect and fought.
Let's celebrate the day of our pride.

Children look up and hold the flag high,
Let it fly and display the glory we procured.
Let it sway and spread its aura at every corner of the Universe.
Let's celebrate the day of our pride.

We salute you, the martyrs, the fights, the saints,
You are the true son of our soil.
We salute your chivalry and call you our brothers, our pride.
Let's celebrate the day of our pride

Shreeja Roy

India.

A triangular mass of land, containing all reliefs,
inhabiting several cultures, languages and beliefs.
Seas on both sides and an ocean on its name.
Diversity of innumerable species in a single frame.
You can smell the Southern spices, stare the Northern mountains,
wear the fresh cotton, taste the new harvests.
The soil here kisses all seeds,
there's colour, there's aroma in all crop fields.
Minerals are rich, and so is the culture,
art, music and dance, the Indian Classical culture.
Folk traditions are a treat to the eyes,
even in this huge diversity, a beautiful unity lies.
Want to visit the whole world, India alone can show them all,
the festivities and fairs, you can't miss them at all.
Though enmity prevails around in the subcontinent,
patriotism is thorough in the blood of the citizens.
Never loses the Indian National Army in a battle,
many sacrificed breath and blood in the Freedom Struggle.
Indian brains have proven to be charismatic-
from literature, to inventions, to science and mathematics.
Many laureates and talents have painted the history.
Mangalyaan, Chandrayaan II, and many other victories.
She's beautiful, she's divine, she's our country, India
Our bharat, out Hindustan, our pride, India.

Muskan Shah

A Proud Indian.

My India,
My Pride,
My Nation,
So Bright,
The Orange, White,
Blue and Green,
Colors so beautiful together,
Anywhere else, never been,
So proud and happy,
To be a part of this country,
I owe myself to it,
And it's not less than a victory,
From soldier's,
To every common man,
India is in their hearts,
And, love for the country runs like blood in veins,
This beautiful place serving humanity,
I am standing at a corner to serve prosperity
To show my love to my country and nationality,
Here I am writing for India with dignity.

Vishnu Prasad Nair

India-the cradle of piety,
The threshold of divine ancient philosophy,
The birthplace of devotional rectitude
The motherland of intellectual gargantuans
Above all the Music of every Indian Soldier's beating heart
This is the soil where Ram, Sushruta, Chanakya, Buddha walked
This soil contains the ethereal scent of every martyr's blood
This soil gave birth to infinitude of scientific discoveries, rectitudinal codes, philosophical directives and devotional ethics,
Every befallen martyr's soul holds only one ache as his life's travesty
That he had only one life to offer at the feet of his resplendent motherland
This independence day, let us shed a tear for every drop of blood shed for this nation,
And through our actions, honour their august sacrifice
And restore this magnanimous nation to its former utopian glory!!!

Ipsita Rani Sahu

I love my country and love it's nature

The country where I born
The place where I turn
From a tiny girl to an independent lady
From bothering everyone to handling responsibilities

This is the country
Where a mother without fear
Send her son to be a warrior

And this is the country, who teaches her daughter
Now... to walk independently with a stable career
To be independent and to have a bright future

This is the country which is full of cultures
And I love my country and love it's natures.....

Arathy .K. Nair

My Sumptuous Land

The land which made my life to bloom,
The sand which greeted my feet to move,
The air which turned as my first breath,
The manor of life that you offered ,
My nation , Can I redress it back ever?
The lineage that's gifted for a life time,
The heritage so wondrous, indeed a pride ,
The intense emotion that I hold , is your virtue,
My stream of blood ,exclaims your name , 'Mother India' !
Fostered by your soil , the icons here so bright ,
The values you taught , is hewed up so tight,
A paragon of righteousness , the epitome of love;
Those motherly hands which aquires all as one ,
My heart whispers the rhythm of your soul ,
My nation , the prayer for you expounds in every breath I take .

Shijin Ravi C

To Whom I Salute

Its not that one day I love my country,
Its about the sacrifices I make,
For the peace of humanity,
And for unseen brotherhood.

I'm proud to be an Indian
And honoured to lend my services,
Blessed with a soul that fight injustice,
That all these makes me to write.

This is not an end rather a beginning ,
An era to end evil hands,
To built lot of minds to unite
To hail for the lost life's.

Spreading the fire of trust,
Protecting the boundaries to withstand strom,
That this is what we need,
This is what you can offer to all.

Sushree Samikshya Priyadarshini

My Nation-My Emotion

India is my country
With a glorified history.
Here we find variety
And a pool of diversity.
Diversity in language and culture
As well as climate and vegitation;
But unity is reflected in its tradition
That bind us as one nation.
India is a land of great natural beauty
Here we maintain sovereignty and integrity.
We have given the world yoga and ayurveda,
Also have contributed in mathematics and science,
Though we face a lot of challenges,
We get into trouble through various instances;
But through unification,
We can overcome every situation.
So let's contribute together for such a honourable nation
Which always bind us with deep emotion.

Nishant Kumar

Mera bharat mahaan
Aaj dhanya hue bharat ki Dharti
Isko sat sat bar naman
Ki ankho me liye chingari koi
Kr rhe hr ek log naman
Is pawan sundar Dharti pe
Apna sis jhuka paye
Ki kash ye mauka mujhko
Hr jnm me bar bar aye
Jahan hte aadar samman bada
Or prem ki nadiya bahte h
Ab or kaho kya baki rha
Isse sundar n kuch b h
Matribhumi pe sis nbaye
saniko ka jahan jhund pra h
Kahi khuno se khaki me lipte
Vir jawan sahid hua h
Bs saja rhe yah desh hmara
Aise hi deshbhakto se hrpal
Rhe desh hmara amar sada
Or anch n ane de isbar
Yeh desh h vir jawano ka
Hmko h ispe abhiman bara
Hua dhany hmara ye jivan
Ab iske pawan dharti pe
Bs h tammana ekhi abto
Bne rhe kevel iske hokr
Ab ya to mra desh surachit ho
Ya mit jaye iski liye ye Jan
Ab parwah nhi is matri ke lal ko
H Iske liye sabkuch Kurbaan
H mera bharat mahaan...
H mera bharat mahaan...

Musarrat Bano

Jaha Dharm Se Uncha Tiranga Hai

Yaad hai?
Jab hum mil Kar Bhog lagaya karte the
Badam halwa ke liye Langar Jaya karte the
Chahe Eid ho ya aam din, Dosto ke liye special Sewaiyan banwaya karte the
Jaha birthday me cake Kate na Kate
Christmas me cake zarur ata hai
Jaha hum duaa kare na kare par
Durga puja me pandal dekhne jana hai
Ha hum us desh ke Vaasi hai
Jaha dharm se uncha Tiranga hai...

Yaad hai?
Jaha har shaheed chahe Ram ho ya Rahim
Desh ke liye bas ek Fauji hai
Jaha ladkiya pared me aage chalti hai
Ye har Hindustani ki Dharti hai
Ha hum us desh ke Vaasi hai
Jaha dharm se uncha Tiranga hai...

Debia Yakam

Priceless Love

The realm was under the sky of moonless and thirst
Contemporarily let's devote the day for our reformers, at first.

Their corpse on boards, cause of pride to stand
Every drop of blood they shed for homeland.

Power of words and swords driven out from slavery
Salute to our great reformers for the revolution and bravery.

Our immortel love for homeland will never deprive
We promise to be amenable and we will thrive.

Aliya Begum

Texture Of India

The land here is full of growth
People with colourful minds
Traditions tie us all together
Faith in almighty is the key of success
Respect and love is served so well
Warm welcoming to every creature
It's a place of shade to every wanderer
Nature showers itself so beautifully

Each step you move, you find uniqueness
The young minds take you to the peaks of creation
Values and morals flow everywhere
Standing for the truth is the base
You could feel every little in this land
The rainbows could be seen live in people
Rising higher all the time is the motive
And here it is – INDIA

Lalitha Srinivas

Honour

A Country Where Humanity Still Alive.
A Country Which Adopt Every Religion.
A Country Which Respect Peace And Non-Violence.
A Country To Which Whole World Salute.
A Country Where Tradition Took Place.
A Country Who's History Have An Amazing Aspects.
Is My COUNTRY .
Proud To Be An INDIAN.

Dipti. S

LOVE FOR MY COUNTRY

I love my country for what it has.
I love my country for it's uniqueness.
For the various languages being spoken here.
For the variety of food items prepared and consumed.
But, I'm deeply saddened by the bias being present in Indians.
And, I'm disappointed about the young people commiting suicide as a result of various societal pressures.
It is because of my sheer love for my country that I'm eager for a change to dawn upon our beloved country just like how a new day dawns upon us.
On this epotomy of beauty.
Oh, I'm truly grateful for the youngsters who are bold enough to raise their voices against injustice.
Who go against all odds.
I love my country and I'm proud of it.
My India!
My country!

Abinaya Ponnusamy

Dear Soldier...

Dear soldier,
You're waking for the whole night to give peaceful sleep to us..
You're trembling in the winter to give warm comfortness to us....
You're staying far away from your family, so that we can sit together in our living room...
You're sacrificing your own happiness, so that we can enjoy ours...
You're putting your own life in risk by valuing ours...
You're fighting with your hunger, so that we can have plateful of food in our table...
You buried all your emotions for offering happiness and peace in our life...
Your every drop of blood is the reason behind our freedom that we are enjoying now..
The Independence we are celebrating today is a reflection of the inaudible voices of your sacrifices...
What we can choose to show our gratitude towards you?
Nothing else other than our prayers!
We are proud of you!

Janapareddy Ramya Bhargavi

My Words - My Nation

Nation isn't just a flag
It's not just an anthem
It's all about people's sacrifice behind the Freedom of our Nation
A whole-hearted salute to you my warriors

My Words - My Nation
Is all about
Land of different cultures
Different traditions
Many languages
And yes we all are Secular
And we all Democratic
It's My Nation My Pride....

My Words - My Nation
No barriers for our love
No barricades for our bond
We all love each other
We all respect each other
It's My Nation My Pride.....

My Words - My Nation
It's the land of history
It's the land of warriors
It's the land of nature
It's the land of art
It's My Nation - My Pride.

Shailvi Bhura

Mai Ladunga

Mai ladunga mai ladunga us matrabhoomi ke liye jisme maine janam liya
Mai ladunga mai ladunga un veer jawano ke liye jin hone apne prano ki ahuti di apne desh k liye
Mai ladunga mai ladunga apne watan ke liye kyuki ye sirf watan hi ni balki pehli mohhabat h
meri
Mai ladunga ar hmesha ladta rhoonga apne gurur mere desh ke liye

Ek Patra Hamare Sainik Bhaiyo Ke Liye

Kaise bhule wo balidan jo apne hamare desh ke liye diya
Bolne ko to sirf jaan thi apke liye par hum sabke ke liye apki qurbani thi , aaj hum desh wasi jb bhi ap logo ko yaad krty h to ankho se pani behne lgta h , salaam h us maa ko jisne apko janam diya .

Bhut hi khush kismat they aap jo apko desh ki mitti ke liye qurbani mili warna har kisi ka naseeb aur jigra kha aap jaisa jo desh ke liye mar mite .

Ye kuch shabd to bade hi tuchh hai apke liye par ek hindustani hone k nate hume garv hai aap par aur apni sena par , agar aap na ho to shyad hum apna wajud hi khoo de .

Gareema Dhingra

True Freedom

Ahhh!! Seeing the cruelty of the past
I just realize how lucky I am
To be born untouched from
All the evils such as being a slave.

I just realise how does it feel to be caged.
From the bottom of my heart,
I like to thank all sung and unsung heros
Of the history who give me
A life full of joyful mystery.

No one had done more or less
As each and every press
Helped us not to be suppressed.
We have so much to repay them
Let's start with ease by just
Getting ourselves freed from diseases
Like hatred, jealousy & treating others as unequal beings.

Let's get rid from the unseen devils on our motherland.
Let's be independent in true sense.
Let's complete the task ,
The dreams seen in the past.
Let's enjoy our freedom
By making India free,
From all the social villainy.
Can we fulfill the trust,
The earlier gems put in us ??
Let's again make India, a free country.

Ashmita Dunguri

Duties Till Eternity

In this human life
Duties have occupied me to the point that ,
The conclusion I always end up is
"Duties and responsibilities are the definition of life ".
Prior to birth you are allotted to certain batch,
After the birth the motherland comes to the priorities.
Even before taking your first steps,
you are allotted to some certain duties.
Pride of our successors stays always our responsibility.
Because you're the blood and investment of decades.
You're the bundle of happiness to them
whom they can trust as the next heir of their pride and success.
And being their happiness
Turns out to be your happiness.
As it becomes the responsibility of every citizen
to maintain the glory and pride of the country.

Achyut Murari

Mayhem- Out Of Kingdom

Freedom, a breath of fresh air, drenched in expression,
Voice as mellow, dignity not sold as matter of oppression,
Under dark clouded boots of restrictions,
Fretting this soul never open to expectation,
A torrent brewing inside, then rises the truth,
As truth shall triumph so shall freedom,
From the shackeled depths of admonition,
Freeness in being, dove of peace, coruscating
Stabbed anarchy, invading indignation,
They shalinbe fall of monarchy, for peace only shall thrive,
Even when there's, bonded volition,
Violence shall be scavenged as the blood shed shall be reprimanded,
Emphasizing on the tunneling emotions,
Macabre ordeals, freckling as the blood red sky of oppression,
"Freedom" one day shall trive ,into value added valour,
When this world succumbs to irritants of fretting Malady,
The freedom of presence, would shine as the pole star,
Paralleled in equality, fixed into FRATERNITY,
Shimmered in secularity, for everlast verge of the second to minutes and minutes to ages,
There shall thrive the only truth
The truth of freedom, devoid of malice,
Sustaining in the PEACE KINGDOM,
Far from mayhem and disdain.....

Disha Verma

Meri jaan hai tu..
Mera imaan hai tu
Mera yeh desh..
Mera swabhimaan hai tu!

Pyar hai mujhe tujhse sabse jyada..
Sarvshreshtha par lata me tujhe jara..
Teri swatantrata k liye meri jaan-e-saar hai...
Sab begaane bas aek tu hi toh mera yaar hai!
Meri jaan tu..
Mera imaan hai tu..
Mera yeh desh..
Mera swabhimaan hai tu!

Teri tarakki mera aekmatra kartavya..
Tujh par na aanch aaye..
Bas yahi mera sarvshreshth lakshaya!
Meri jaan hai tu..
Mera imaan hai tu..
Mera yeh desh ..
Mera swabhimaan hai tu!

Tera vaibhav sada amar rahe..
Chahe hun din chaar rahe na rahe..
Tera bas khud par abhimaan rahe..
Dono meri jaan aur jahan , bas tu hi sada rahe!
Meri jaan tu..
Mera imaan hai tu..
Mera yeh desh..
Mera swabhimaan hai tu!

Tere liye hi jii raha hoon..

Tere liye hi marna chahu..
Jina marna sab tujh par hi nyuchavar kar jau..
Kyu ki tere bina na me jii paau!
Meri jaan tu..
Mera imaan hai tu..
Mera yeh desh
Mera swabhimaan hai tu..

Tu pehli mohobaat meri..
Tu hi meri takdeer hai..
Banana chahu me tujhe..
Akhri mohobaat aur akhri takdeer hee!
Meri jaan tu..
Mera imaan hai tu..
Mera yeh desh..
Mera swabhimaan hai tu..

Tujhse hi utpaan hua ..
Tujhe me hi vileen hoo jau!
Teri mamta k aanchal me jiu..
Kehna yahi me bas chahu!!
Aek jaan meri..
Aek imaan meri..
Aek hi mera swabhimaan hai..
Ae-desh..
Milna bas tu hi har janam..
Yuhi bankar matrabhoomi meri mahaan hai!!!

Avira

India My Country

Freedom in the mind
Faith in words
Faith in people
From different religion
The future of our country depends upon the actions taken by us today
Let all of us be reponsible for our country...

Bidushi Mishra

Asal Swadesh-Prem

"Desh-prem" ke naam par,
Tiranga lehrane ki baatein toh bohot log karte hai,
Khuli sadako par deshbhakti ke gaano par toh bohot log thumakte hai,
Rashtra-prem ke gaano par toh aankho se aansu bohoto ke chalakte hai,
Par sirf ek din ke liye..
Kyun tiranga ek din baad hai sadako par matmaila hota?
Kyun agle din unhi gaano ko jinpar kal tak thay naachte aaj neeras kehkar hai firangi gaano se badalte?
Kyun kal tak jin Bapu ko pura desh sarha raha tha aaj sare-aam rishwat de unko tiraskaarte?
Desh toh azad ho gaya par hum nahi hue..
Apni andar ki vedna se , aakrosh se, paschimpanti vicharo se..
Hum azad nahi hue..
Jis azad hind ki kalpana ki thi humne,
Agar sach karna chahte ho toh..
Apne bhetar ek baar nigah ghuma kar toh dekho,
Sacchai ke darpan ko zara apna kar toh dekho,
Kuch anjani raaho par pehla kadam badha kar toh dekho,
Kisi aur se pehle apni zindagi mai ek hanseen baadlaav laakar toh dekho.

Jeevitha.S

My Beloved Nation !

The country which inspired others through its custom and traditional values!
When others admired about development and facilitates about foreigners,
Foreigners admired our country's rituals.
We have been wise in all aspects of tradition,
Growing out from colonialism we stand independent now;
We are great in all aspects ,
We inspire; we stand as a good example for others.
No one would disagree with the richness of our values.
Patriotism towards our country lies in every single cell in our body !
Jai hind ! Let Hindustan be unique and spread vibrance everywhere...

Abrishan Khan

FREE

Each time you forget im here to remind
but freedom wasn't free

Every single day we see discrimination
We hear stories about molestation
Every human matters while elections
We are lives not worth the evaluation

Me and you ,you and me
Hindu-muslim, muslim-christian
Bible-geeta,geeta-quran
Me and you ,you and me

Call for freedom in 2020
Not from social evils
But yes evils on social media
This is the actual Call for freedom in 2020

Making religion a panorama this independence day
For more than anything
We will value humanity each day

No more blaming the country

Unlike the years
We will tend to be better each day
Unlike the tears
We will love the people around everyday

Call for freedom in 2020
Hindustan it is called
lets make it human-istan
This is the actual call for freedom in 2020

Each time you forget im here to remind but Freedom wasn't free

Khushi Sharma

Nobat Nahi Aane Di

Sir kalaam karwane ki nobat aa gayi
Par sir jhukane ki nobat nhi aane di

Marne or maarne ki nobat aa gayi
Par unke talwe chatne ki nobat nahi aane di

Apne se chote ki gulami karne ki nobat aa gayi
Par firangiyon ki gulami karne ki nobat nahi aane di

Fasi ke fande se ru - b - ru hone ki nobat aa gayi
Par apne emaan ko bechne ki nobat nhi aane di

Kafan ki chadar oadhne ki bhi nobat aa gayi
Par TIRANGE KI JHUKNE KI NOBAT NAHI AANE DI

Gayathri Ramasamy

Eternal Bliss

Falling in love and to stand with confident,
Reply from the mate in love with,
Always matters! The love in me for my country
Is in my veins, is in my blood,
The heart and soul had neither expected
Nor waited for the follow back,
When it comes for you, my country. I found it deific,
Unalloyed, a budding step to reach love.
I am that helpless and empty soul in my downs,
Still in the safer hands.
There are borders and boundaries,
Not in the minds of my friends who reside in
The extreme ends of my nation,
Diversity that exists, united our hearts,
Blended us together with a strong covalent bond,
My love! You satisfied my needs
With a happy place to live,
Blessed me with kith and kin,
Stacking reasons, a worth existence in
The best place, not breaking my solivagant heart.

Divya Jaiswal

Aazad Hai Hum

Azad hai hm dushman k changul se..
Pr ky khud k apno ke tano se azad hai hum
Azad hai hm khud ko azad desh ka khne ko
Pr khud se pucho kya kv khud k ghro me apni bat rkhne ko azad hai hum
Azad hai hm itihas rchne ko itihas ki tarikho me
Pr khud se pucho kv khud k spno ki udan bhrne ko ky azad hai hum
Azad hai hm tiranga lhrane ko deshbhakti geet gane ko
Pr khud se pucho kv apmanit hote tirange ko bchane ko azad hai hum

Pratham Mittal

My ' INDIA ' is a paradise
I live here with love and pride
Early morning when the sun would rise
I thank god for being alive.

Renowned for its culture
And an alluring sculpture
Soldiers are like vulture
Protecting the nation as substructure

My India ! My Motherland!!
Must protect it from vitriolic hands
Being proud & taking stand
For my Motherland!!!

I am proud Indian lass
My country has a distinct class
It's none other then my motherland
Where I could proudly stand!!!

Namrata Kumari

What Makes Our Country?

"What makes our country? "
The rural silence,
Or the urban hustle.
The soothing aroma of first rain,
Or the dirt it leaves.
The poor farmers' hopes,
Or the businessmans' profits.
The Church, the Mosque and the Temple,
Or a heart that respects all but follows none.
The late night clubs and pubs,
Or the public libraries that close after eight.
The drastic terror attacks,
Or the daring surgical strikes.
The hanging court cases,
Or the solved ones.
The peacocks' beauty,
Or the lions' attitude.
Men of great scientific knowledge,
Or the numerous poets and authors.
The flooding states, the dry deserts,
Or the valleys with heaven's view.
The rich cultural heritage,
Or the newly adopted ones.
All of the above or a few out of them,
Maybe all of them,
YES, ALL OF THEM BLEND TO MAKE OUR COUNTRY!

R.Susanna Celsia

Our Wealth Our Heritage

From the soliders that strive hard in the war zone .
To the hands that thresh the wheat and the wheat beads fly in the sky and fall back in the handmade tray ,
hands stained with mehandi and adorned with bangles and colorfull clothes ,from the sand dunes in rajasthan deserts to the smile she has as she covers her head with a colorful adorned cloth and arranges mud pots one over the other and balances them as she walks up and down to the making way in the desert for her family to get water chisled these structures.

From the rice harvested and field ploughed with rough hands and a white dhoti he wears with an innocent smile
As he puts a net over the tommato gardens and green chilies and a white turban on his head,
inheriting our culture and heritage its our wealth, from the silk weavers and the magnificent structures and she smiles with yellow stains of tumeric ,
from white sarees to white old church buildings and white shredded coconut she smiles with beautiful eyes ,adorned with thick kajal and when she turns her hair blows with the essence if the oil churned from the coconuts ,inheriting our culture it is our wealth.
Adorned with feathers and thick woven blankets she smiles bright with a beautiful necklace
our culture so rich and varied what can we ask for more this is our wealth

Tashmayee Sarkhel

Our National Flag

You gave us identity..
You gave us the air full of freedom..
You gave us a reason to live..
You acted as a cloth to wrap those martyr bodies..
You acted as a fabric to give shelter to those downtrodden..
You made her safe when she was torn apart by some beasts..
You made us feel the pride..
You made us to raise our head with honour..
You made us to cry the call of independence..
You give an occupation to those who yearn for a day's meal..
And, yes you made us feel the true essence of being an Indian..

Madhav Rathi

Ki kabhi tapti dhoop Mai khud ko tapakar to dekho,
Laakho Mai ek khushnaseebh khud ko banakar to dekho,
Ki khoon ki parte bhi pad jati h pero Mai,
Kabhi mout se khud ko sajakar to dekho ,

Is tirange ki shaan ko khud se sajakar to dekho,
Ki apne drd ko bhi apni aankho Mai hasaa Kar to dekho ,
Ki kitna sukoon milta h us pal Mai ,
Kabhi tirange ki kafan ko lagakar to dekho,

Ki us raat apne lal ki sahadat ko dekhkar vo Maa kaise soyi hogi,
Jo badnseebh goli uske seene Mai lagi kambkat vo goli bhi royi hogi..

Reshma Bhattacharyya

Call For Motherland

Come, let us do something for our country,
She is bounded in the shackles of poverty and illiteracy.

Let us educate ourselves, to be confident and self-reliant,
Let us embrace the power of love, smile and compassion.
Let us promise together, to be honest, hardworking and fearless.

Let not forget the sacrifice of our great heroes, the pains which they endured to fulfil their goals.
Let us spread our arms to the needy,
They are in dire need of that little gesture of help, which shall infuse a smile, in that morose face.

Come, let us take utmost care of our parents, who toiled for our upbringing,
They are the one who made us complete.
Let us promise each other, no to forget the spirit of brotherhood, equality, liberty,
And then, we can hope for a new dawn bubbling with paramount energy and happiness!

Roopali Purohit

Like a flower , my country
That when blossoms is beautiful
Yet have thorns
Just like a flower .

So that when someone picks it,
Carelessly, without tenderness
It prick them with thorns
Just like a flower.
Reminding them what it can do when picked in a wrong manner .

Sweta Kumari

Watan E Ishq

Wo saansein hi kya
Jo watan pr luta na sko,
Wo gaan hi kya
Jb Jan -gan- man gaa na sko,
Wo maut hi kya
Jisme tiranga Kafan na bne ,
Wo Jang hi kya
Jo seema pr Jeet na sko,
Yun toh kismat kaafi achi hogi tumhari
Yun toh kismat kaafi achi hogi tumhari
Pr wo kismat hi kya
Jb Hindustani kehla na sko.

Abha Patel

A Letter To The Heros

Whom shall I write this letter to?
A letter: nay! But a feeling prolonged.

The army so brave shielding us from terror,
Or the cleaners sweeping unseen danger?

The doctors jumping into the bathe of fire,
Fighting the plague with a heart so pure!

Or the teachers diving in virtual world,
Opening new realms for their birdies to unfurl.

Or mights I pacify those in Queer street,
That their wish for a bread is never obsolete.

They don't fear; never shudder.
Healing the world, be the anchor of our future.

Never do they halt; like Sun they arise.
I pay my tribute to the heros in disguise.

Shruti Singh

soldier sobbing under the tree
blood shedded with one thought
in his mind
" mother india I served my nation
till my last breath and I shall leave
with wet soil on my head with every essence of you providing me strength"
let me dissolve In the soil
of my motherland
let me go to deep sleep in the
lap of my mother
sorry mother for letting you down
sorry mother for leaving you
but I shall promise you
you will never be in wrong hands

a policeman
commencing his duty
prays to mother india
" mother please provide me strength and wisdom to fight against the evils , and if I lose today please cover me in your hands and let me fall into the deep sleep"
in thy nation let everyone be set free
in thy nation let everyone be happy
in thy nation let everyone be independent
the nation of love the nation of wisdom
let the nation grow

Sukrutha B

India

The country of differences;
The country of similarities;
The country of cultures;
The country of science.
The country of unity and diversity.

Grateful I am to my country:
It gave me shelter;
It gave me a life;
It gave me a recognition;
It gave me a respect.
I thank it from the bottom of my heart

www.ingramcontent.com/pod-product-compliance
Ingram Content Group UK Ltd.
Pitfield, Milton Keynes, MK11 3LW, UK
UKHW022004190726
13853UKWH00004B/1732

9 789390 416257